ISBN 978-3-033-01493-0

taulösen - meerschmunzeln

taulösen - meerschmunzeln

matta lena
&
madeleine felber

eine liebesreise durchs jahr I

überder
piatsaü
bermütig
dermorgen
dli
che
spi
ren
grus

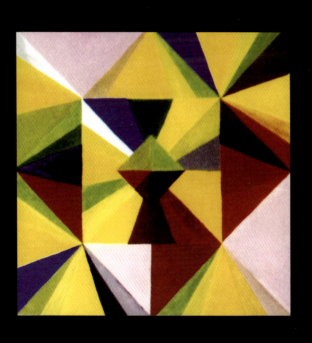

über der piazza
übermütig der morgend-
liche spirengruss

füssele
genwege
händegra
bengravu
ren
bli
ke
spu
ren

füsse legen wege
hände graben gravuren
blicke spuren

augenblike
furchen
dastsaitfeld
fugalfür
dikünf
ti
ge
sat

augenblicke furchen
das zeitfeld fugal
für die künftige saat

aufdentsai
lendainer
augenbli
kebalan
si
re
ich
tsu
dir

auf den zeilen
deiner augenblicke
balanciere ich zu dir

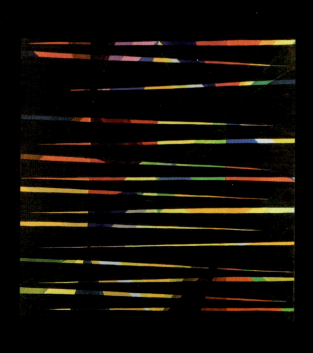

kronloser
schaitelent
wurtselter
fussfinden
im
blik
sich
von
dir

kronloser scheitel -
entwurzelter fuss finden
im blick sich von dir

zwischenges
tenundäs
tendidem
augeent
glei
ten
klopft
ein
specht

zwischen gesten und ästen -
die dem auge entgleiten
klopft ein specht

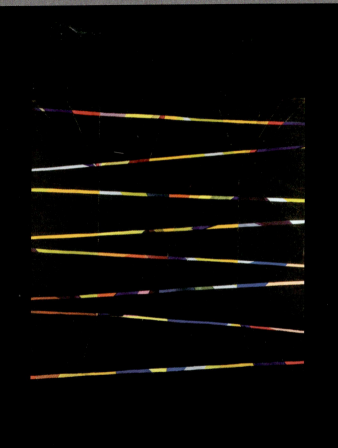

insblatlo
seastwerk
dainerge
dangkenhäng
ich
un
ser
ge
dicht

ins blattlose astwerk
deiner gedanken
häng' ich unser gedicht

farbendi
buchstaben
beschraiben
ditsaile
tswi
schen
dir
und
mir

farben die buchstaben
beschreiben die zeile
zwischen dir und mir

fürdainkom
menschinhöit
disonne
nundadu
gest
waint
der
him
mel

für dein kommen schien
heut' die sonne - nun da du
gehst weint der himmel

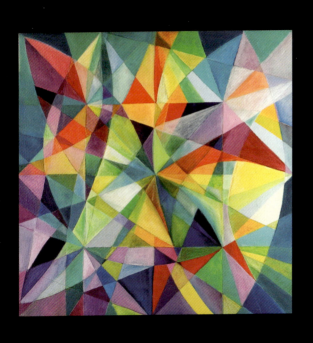

undestropft
ummaine
wöledi
duinmir
tsu
rük
ge
las
sen

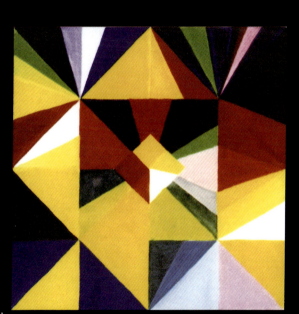

…und es tropft um meine
wöhle - die du in mir
zurückgelassen

tauweter
steinschmeltse
taulösen
merschmuntseln
im
stern
schnu
pen
tau

tauwetter steinschmelze
taulösen meerschmunzeln
im sternschnuppentau

vondainem
atemge
blasnebar
keträgtwi
gend
mich
in
den
traum

von deinem atem
geblas'ne barke trägt wie-
gend mich in den traum

waingelöst
tserflistin
derlere
dainesschwai
gens
mai
ne
hof
nung

weingelöst zerfliesst
in der leere deines schweigens
meine hoffnung

undufert
fernanden
strandwohand
inhandwir
wort
los
ge
stan
den

…und ufert fern an den
strand - wo hand in hand
wir wortlos gestanden

rauschendes
tsüngelnder
wellenam
uferlekt
lech
tsend
mir
die
haut

rauschendes züngeln
der wellen am ufer leckt
lechzend mir die haut

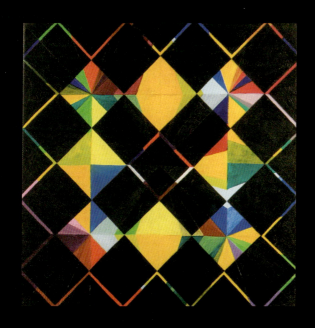

umtsüngel
telandbrü
kefontswai
saitenum
spil
te
mer
ge
küst

umzüngelte landbrücke -
von zwei seiten
umspielte - meergeküsst

kopfüber
indainem
armmundan
munddainbis
hailt
ai
ne
wund
de

kopfüber in deinem arm
mund an mund - dein
biss heilt eine wunde

tserklüftet
diküste
bitsarder
horitsont
wo
schläft
der
wul
kan

zerklüftet die küste -
bizarr der horizont -
wo schläft der vulkan?

mitjeder
blütedes
lodernden
kirschbaumsfer
sprüt
ain
hai
ser
kus

mit jeder blüte
des lodernden kirschbaums
versprüht ein heisser kuss

unterai
nerdekeaus
tausendkü
senmöcht
ich
li
gen
mitdir

unter einer decke aus
tausend küssen
möcht' ich liegen mit dir

duhautwaich
undwaisfel
osgespant
imorder
nächt
li
chen
mu
schel

du haut - weich und weiss -
felllos gespannt im ohr der
nächtlichen muschel

orklito
rissternschnu
peneregt
erlauschtdai
nen
wort
sa
men
flus

ohrklitoris sternschnuppenerregt
erlauscht deinen
wortsamenfluss

wurtselblits
durchschauert
tselerin
rungwortlos
ort
lo
se
schich
ten

wurzelblitz
durchschauert zellerinn'rung
wortlos - ortlose schichten

singdensog
saugdenge
sangwiainst
alssöigling
hung
rig
nach
le
ben

sing' den sog, saug' den gesang
wie einst als säugling hungrig
nach leben

waserge
spaichert
geschichterin
denferhült
im
bind
ge
we
be

wassergespeichert
geschichte - rindenverhüllt
im bind'gewebe

laibaigne
eriner
unglöstsich
unterdai
ner
lib
ko
sung
los

leibeig'ne erinnerung
löst sich unter
deiner liebkosung los

dirütmen
dainerdurch
singungfer
ebenam
uf
er
des
mor
gens

die rhythmen deiner
durchsingung verebben am
ufer des morgens

berauschtfon
dainemduft
wigeich
imnachklang
dai
ner
um
warm
ung

berauscht von deinem
duft wiege ich im nachklang
deiner umwarmung

laisferauscht
dinachtmit
dirinden
windtsertsau
sten
bir
ken
blä
tern

leis verrauscht die nacht
mit dir in den
windzerzausten birkenblättern

demmorgend
lichener
inerungs
badindir
ent
staig
ich
tri
fend

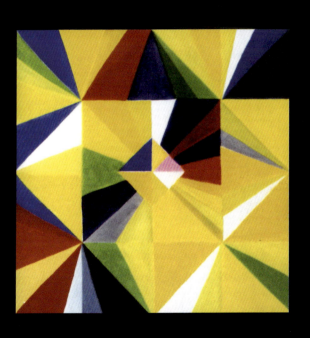

dem morgendlichen
erinnerungsbad in dir
entsteig' ich triefend

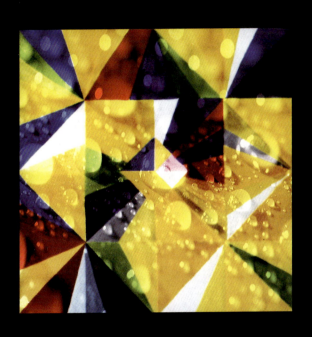

andichtsu
dengkenist
ainlugsus
demichmich
nicht
ent
tsi
hen
kan

an dich zu denken
ist ein luxus - dem ich mich
nicht entziehen kann

wisolbaim
duftfonhöi
undwolken
fetsenich
nicht
an
dich
deng
ken

wie soll beim duft von
heu und wolkenfetzen ich
nicht an dich denken

nochtsertsaust
mirderwind
dasharbald
dengescho
re
nen
kopf
wi
du

noch zerzaust mir der
wind das haar - bald den
geschorenen kopf - wie du

dainundmain
elfenbain
stainfügen
imfeldsich
tsum
do
mi
no
spil

dein und mein elfenbeinstein
fügen im feld sich
zum dominospiel

schneegepig
seltdiluft
difloke
fältknisternd
mir
auf
die
schul
ter

schneegepixelt die luft -
die flocke fällt knisternd
mir auf die schulter

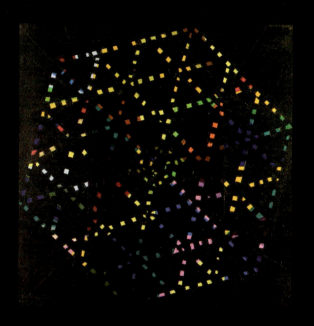

schaftendum
hülenscha
lendernacht
destages
fer
kling
en
den
stral

schaftend umhüllen
schalen der nacht des tages
verklingenden strahl

waisdurchbricht
dihautder
birkedi
rindedes
nächt
li
chen
na
kens

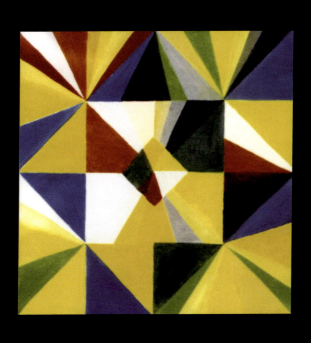

weiss durchbricht die haut
der birke die rinde des
nächtlichen nackens

überder
gespalte
nenkrone
amhori
tsont
steht
fern
der
stern

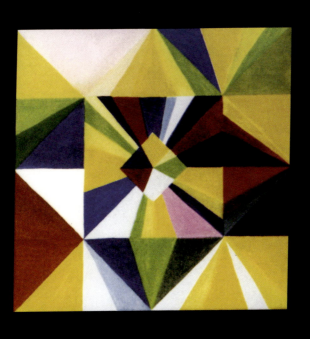

über der gespaltenen
krone am horizont steht
fern der stern

dibegeg
nungmitdir
istsiain
prologo
der
ain
e
pi
log

die begegnung mit dir
ist sie ein prolog oder
ein epilog?

imblatlo senastwerk dainerver tswaigtenge dang ken klopft ain specht	ausmainem mundewächst ainbaumder buchlose baum den du ge pflantst
imrascheln denlaubsu chedenweg ichdurchden wald dai ner wor te	laisferauscht dinachtmit dirinden windtserstau sten bir ken blä tern

im raschelnden laub
suche den weg ich
durch den wald deiner worte

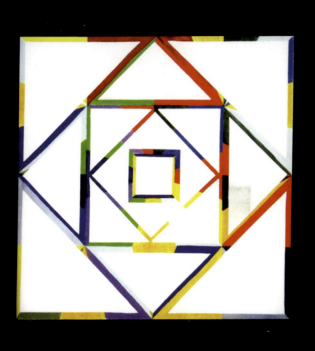

leis verrauscht die nacht mit dir
in den windzerzausten
birkenblättern

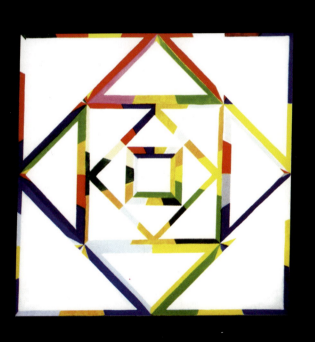

im blattlosen astwerk
deiner verzweigten gedanken
klopft ein specht

aus meinem munde wächst ein
baum - der buchlose
baum - den du gepflanzt

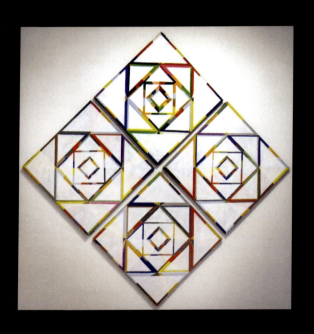

foto el capitàn

taulösen - meerschmunzeln

die von matta lena geschriebenen dreizeiler erzählen von einer liebesreise durchs jahr. madeleine felber hat diese mittels des farbalphabets cromcode emef 1997 in farbe übersetzt. entstanden sind geometrische bildkompositionen, welche auf zwei verschiedene arten überarbeitet wurden: auf eine nördliche und auf eine südliche art: über die ersteren bilder ist malend eine schwarze oder weisse schablone gelegt worden, hinter welcher die farben der grundkomposition in ihrer strahlkraft hervorleuchten. die strukturen der südlichen bilder sind kaleidoskopisch aufgelöst und zeigen faszinierende, kristalline bildwelten. transparente schichten schaffen irisierende farbräume.
fantasie und ordnung zeichnen die arbeitsweise von madeleine felber, ihre werke entstehen im wechsel von strengem spiel und heiterer gesetzmässigkeit.

die bilder wurden in der galerie O in schaffhausen vom 7.7.2006 - 26.8.2006 zum ersten mal gezeigt. die galerie O ist ein engagement von optik zum straussen.

impressum

dreizeiler	matta lena dreizeiler serie I 1996/7
textbilder	madeleine felber öl auf leinwand cm 30x30 emef_1997_1-39 öl auf leinwand cm 40x40 emef_2000_I-IV
idee & konzept	www.emef.ch
gestaltung	atelier varna - rheinstrasse 9 CH 8253 diessenhofen am rhein
grafik	www.promediagrafica.com
druck	myck press
1. auflage	1001
edition	varna

alle rechte vorbehalten
© madeleine felber 2008
® cromcode emef

n° 41